LE BON SOLDAT, COMEDIE EN VERS.

En 1718.

Le prix est de 20. sols.

Poisson

A PARIS,
Chez CHRISTOPHE DAVID, Libraire sur le Quay des grands Augustins, attenant la porte de fer de leur Eglise, à l'Image Saint Christophe.

MDCCXVIII.
AVEC PRIVILEGE DU ROY.

ACTEURS.

Mr. GROGNARD, prétendu Mary d'Angelique.

ANGELIQUE, Amoureuse de Leandre.

JACINTE, Servante d'Angelique.

LEANDRE, Amant d'Angelique.

JOCRISSE, Valet de M. Grognard.

BARBE, Cuisiniere de M. Grognard.

UN CLERC.

UN SOLDAT.

UN ROTISSEUR.

La Scene est chez Monsieur Grognard.

LE BON SOLDAT, COMEDIE.

SCENE PREMIERE.

ANGELIQUE, JACINTE.

JACINTE.

IL faut au pis aller s'y resoudre,
Madame.

ANGELIQUE.

Quoy, d'un jaloux vieillard je me
verrois la femme ?
Jacinte, nous aimons l'honnête liberté,
Nous serions toutes deux dans la captivité,
Plus de Bal, d'Opera, de Jeu, de Comedie,
Qui faisoient nos plaisirs.

JACINTE.

J'en suis toute étourdie,
Nous aurons vous & moi diantrement à
souffrir,
Madame.

ANGELIQUE.

J'aime autant me resoudre à mourir
Que mon Pere....

JACINTE.

Voyez son avarice extrême,
Chez ce futur Epoux il vous conduit lui-même,
Il vous y fait loger & veut dés aujourd'hui,
Au plus tard dés demain vous marier chez lui,
Et même sans prier aucun de la famille;
Qui jamais de la sorte a marié sa fille?

ANGELIQUE.

Son pere est attaqué de la goutte, il est vieux.

JACINTE.

Que sa goutte remonte on en sera bien mieux.

ANGELIQUE.

Et Leandre me laisse au bord du precipice.

JACINTE.

Mais....

ANGELIQUE.

Cesse en l'excusant d'augmenter mon supplice.

JACINTE.

Il peut tout ignorer.

ANGELIQUE.

Dis qu'il peut m'oublier,
Répond-il à ma Lettre?

JACINTE.

On lui vient d'envoyer,

Jocriſſe l'a portée.

ANGELIQUE.

Ha ! ſi je lui ſuis chere
Qu'il vienne m'enlever dans les bras de mon Pere,
Qu'il me ſauve de ceux de ce jaloux vieillard.

JACINTE.

C'eſt un vilain magot que ce Monſieur Grognard.

ANGELIQUE.

Mon Pere le croit riche, & veut que je l'adore,
Il faut feindre d'aimer ce que mon cœur abhorre.

JACINTE.

Et vous feignez ſi bien, Madame, en verité,
Que vous ſemblez l'aimer avec ſincerité.

ANGELIQUE.

Toi-même m'as donné cet avis, je l'obſerve;
Et pour plaire à mon pere, il faut que je m'en ſerve,
Si, dit-il, je ne l'aime avec emportement,
Il me fera finir mes jours en un Convent;
Vois, pour les abuſer comme il faut que j'agiſſe.

JACINTE.

Vous avez un eſprit qui ſe démonte à viſſe.

ANGELIQUE.

Si Leandre hazardoit de venir juſqu'icy.

JACINTE.

Jocrisse vous dira.... mais déja le voicy.

SCENE II.

ANGELIQUE, JACINTE, JOCRISSE.

JOCRISSE.

Il enrage,
Vôtre papier, je pense, étoit un sorcelage,
Il a dit, le luisant, puis-je croire cela?
Ah diable d'innocent que m'apportes-tu là?
Puis prenant ses cheveux & la piau de sa tête,
Il s'est tout écorché d'une force....

JACINTE.

La bête,
Les cheveux & la peau, Jocrisse n'est-ce pas?

JOCRISSE.

Non la piau, les cheveux, oüi, j'ai veu tout à bas,
Une tête de viau qu'on écorche est de même,
La sienne.

ANGELIQUE.

Qu'a-t-il dit? ah ma peine est extrême!

JOCRISSE.

Rien. Qu'avoit ce papier donc?

JACINTE.

Des enchantemens ;
Dieu m'a bien aſſiſtée de ne pas voir dedans,
Comme je me ſerois accommodée.

JACINTE.

Madame,
Voicy Monſieur Grognard, je crois qu'il a dans l'ame
Quelque chagrin.

SCENE III.

M. GROGNARD, ANGELIQUE, JACINTE, JOCRISSE.

M. GROGNARD.

MAmour, je ſuis au deſeſpoir
Pour aller à Poiſſy, je vais partir ce ſoir,
Mon frere ſe meurt.

JACINTE.

Bon, excellente nouvelle,
I'en vais faire avertir Leandre.

SCENE IV.

M. GROGNARD, ANGELIQUE, JOCRISSE.

GROGNARD.

Que dit-elle ?

ANGELIQUE.

Qu'avec vôtre départ vous me desesperez;
Si prés de nous unir serions-nous separez.

GROGNARD.

Ce n'est que pour un jour,

ANGELIQUE.

Et c'est ce qui m'étonne.

GROGNARD.

Mais je ne sçaurois pas m'en dispenser, mignonne,
Tu pleures.

ANGELIQUE.

Si jamais je ne vous avois vû
Que je serois heureuse !

GROGNARD.

Hé bien, auroit-on crû
Ce grand amour pour moi, franchement je l'admire,
Et j'en suis si surpris, que je ne sçai qu'en dire

ANGELIQUE.

Il est tard, ne partez que demain, s'il vous plaît.
Mon fils.

GROGNARD.

Ma Montre est là, voyons quelle heure il est.

ANGELIQUE.

Va-t-elle bien ?

GROGNARD.

Fort bien, elle est d'or & sonnante.

ANGELIQUE.

Elle vous coûte bien vingt Loüis ?

GROGNARD.

Dites trente.

ANGELIQUE.

Vrayment elle est fort belle.

GROGNARD.

Et bonne.

ANGELIQUE.

Je le croy.

GROGNARD.

Je la mets là, jamais je n'en porte sur moy.

ANGELIQUE.

Enfin, quelle heure est-il ?

GROGNARD.

J'auray du tems de reste.

ANGELIQUE.

Helas ! ne partez point.

GROGNARD.

Ne pas partir, la peste
Il s'agit d'heriter, ce mien frere a du bien,
Et je veux avoir l'œil, qu'on ne détourne rien.
Mais avant que partir, mangeons dans la cuisine,

Un morceau prés du feu, j'ai froid à la poitrine,
Mais je me charge icy....

ANGELIQUE.

Qu'est ce encor que cela ?

GROGNARD.

Des Memoires. Que veut ce petit drole là ?

SCENE V.

M. GROGNARD, ANGELIQUE, LE MAISTRE-CLERC, JOCRISSE.

LE CLERC.

Je suis le Maistre-Clerc de chez vôtre Notaire.

GROGNARD.

Monsieur, excusez-moi.

LE CLERC.

Voilà vôtre Inventaire
Copié de ma main.

GROGNARD.

Vous m'obligez, Monsieur,
Vous écrivez trés-bien, & ....

LE CLERC.

Vôtre serviteur.

GROGNARD.

Mon homme a vôtre argent, si vous vouliez l'attendre.

LE CLERC.

Non, j'enverray demain un petit Clerc le prendre.

GROGNARD.

Ma foy je doute fort demain comme aujourd'huy
Qu'il en puisse envoyer un plus petit que luy.
Jocrisse tiens-toy là, qu'aucun n'entre ou ne sorte.

JOCRISSE.

Non, je n'ouvriray pas qu'on ne bucque à la porte.

GROGNARD.

Quand on y bucqueroit, n'ouvre pas, innocent.

JOCRISSE.

Bien, pas un n'entrera, quand ils y viendroient cent.
Par la gueule du sac, la carogne est entrée,
Pal sanguenne al en tient la chienne est éventrée,
Al n'est pargué pas morte, il y falloit cela,
Qu'alle ronge à present.

SCENE VI.

M. GROGNARD, JOCRISSE.

GROGNARD, *sa serviette à la main.*

Quel bruit fais-tu donc là ?

JOCRISSE.

Oh parguenne, al en tient, Monsieur.

GROGNARD.

Que veux-tu dire ?

JOCRISSE.

C'est qu'al en tient, ouvrez, & vous allez bien rire,
Si vous ne la trouvez en quatre ou cinq quartiers....

GROGNARD.

Quoy donc ?

JOCRISSE.

Une Souris qui rongeoit vos papiers.

GROGNARD.

Une Souris, où donc ?

JOCRISSE.

J'entendois la carogne,
Cric, crac, cric, crac, cric, crac, al avançoit besogne.

GROGNARD *voulant rentrer.*

Elle est morte.

JOCRISSE.

Oh vrayment, hé, Monsieur, s'il vous plaît,
Ouvrez le sac, voyez en quel état qu'al est.

GROGNARD.

Le sac, ah je crains bien ....

JOCRISSE.

Allez sur ma parole,
Ne craignez rien, al est plus platte qu'une Sole,
Six coups de mon bâton.....

GROGNARD.

GROGNARD, *tirant la Montre.*

Hélas! je suis perdu.

JOCRISSE.

Ah oüi da, pour si peu qu'elle vous a mordu,
Al en a dans les dents.

GROGNARD.

M'en voilà pour ma Montre,
Ah! que m'as-tu fait là, diable de malencontre.

SCENE VII.

ANGELIQUE, M. GROGNARD, JOCRISSE.

ANGELIQUE.

Que vous m'avez fait peur, à quoy bon tous ces cris.

GROGNARD.

C'est pour ma Montre.

JOCRISSE.

Il ment, c'est pour une Souris.

GROGNARD.

Ce malheureux a mis ma Montre de la sorte,
Et croit que tout cela n'est qu'une Souris morte.

JOCRISSE.

Mais nôtre Serrurier la racommodera,
Donnez-la moy, Monsieur, on la rapportera.

M. GROGNARD.

Un Serrurier? je veux que dés demain tu sortes.

JOCRISSE.

Il a racommodé des choses bien plus fortes.

ANGELIQUE.

Aussi, pourquoy toûjours mettre vôtre sac là.

GROGNARD.

Qui diantre se seroit défié de cela ?

ANGELIQUE.

Rentrez, vous aurez froid dans cette grande salle,
Monsieur.

GROGNARD.

Chien de butor, va brider ma Cavale.
Allons donc.

ANGELIQUE.

Je vous suis, allez tout apprêter,
Vous n'avez pas besoin de moy pour vous boter.

SCENE VIII.

ANGELIQUE, JACINTE.

JACINTE.

HE' bien, partira-t-il ce grogneux ?

ANGELIQUE.

Oüy, Jacinte,
Il se bote.

JACINTE.

Avez vous commencé vôtre plainte ?

ANGELIQUE.

A merveille.

JACINTE.

Il faudra paroître au desespoir
Dans les derniers adieux, Madame.

ANGELIQUE.

Oh tu vas voir,
Ces feints déplaisirs font, étans crus veritables,
Dans un jaloux absent des effets admirables;
As tu trouvé Leandre?

JACINTE.

Oüy, j'ai sçû l'avertir,
Que vôtre vieil Amant s'apprête pour partir,
Et même en ce moment, au coin de cette ruë
Il a mis devant moy son Valet à l'affuë,
Pour sçavoir quand Monsieur Grognard décampera,
Et pour souper icy Leandre se rendra.

GROGNARD, *derriere le Theâtre.*

Angelique.

ANGELIQUE.

J'y vais.

SCENE IX.

JACINTE, JOCRISSE.

JOCRISSE.

Morgué, cela m'affole,

Comment diable est-ce donc que cecy se bricole,
Que sert ce fer, pourquoy ces brinborions là,
Pal sanguenne un licou vaut mieux que tout cela ?

JACINTE.

Il va donc partir ?

JOCRISSE.

Oüy, mais afin qu'il détale,
Morgué ne sça-vous point brider une Cavale ?

JACINTE.

Ouvres-luy bien la bouche & mets le mords dedans.

JOCRISSE.

C'est qu'al leve le nez, & qu'a serre les dents,
Je suis pour la brider, monté dans la mangeoire,
Al m'a levé la tête, & cassé la machoire,
Je l'ay pourtant bridée, & il n'y manquoit rien,
Hors que le fer étoit sous la gorge.

JACINTE.

Fort bien,
Va vîte la brider de crainte de la touche,
Voicy Monsieur.

JOCRISSE.

Comment luy faire ouvrir la bouche ?

JACINTE, *à part.*

Al ! le vilain boté.

SCENE X.

M. GROGNARD, ANGELIQUE, JACINTE.

ANGELIQUE.

Quoy, vous allez partir ?

GROGNARD.

Il le faut bien mamour, tu viens d'y consentir.

ANGELIQUE.

Non, absente de vous, je ne pourray pas vivre,
Ou souffrez que je meure, ou laissez-moy vous suivre.

GROGNARD.

Mais, mon cœur, que veux-tu ?

ANGELIQUE.

Je veux toûjours vous voir.

GROGNARD.

Mais tu sçais....

ANGELIQUE.

Vous voulez me mettre au desespoir.

GROGNARD.

Ce n'est que pour deux jours.

ANGELIQUE.

Deux jours ! ce mot me tuë,
Je pourrois me priver deux jours de vôtre veuë,
Deux jours !

GROGNARD.

Je ne sçais pas d'où vient cet amour là,
Car je n'ay rien en moy qui l'oblige à cela.

ANGELIQUE.

Tout est charmant en vous, & tout a sçû me plaire,
Vous le sçavez fort bien.

GROGNARD.

Non fait, ma foy, ma chere,
Laisse donc pour deux jours partir tous mes appas.

ANGELIQUE.

Non, non, si je ne pars, ils ne partiront pas,
Je ne vous quittes point.

GROGNARD.

Mais, mamour, comment faire,
Tu sçais bien qu'il s'agit d'une importante affaire.

JACINTE.

Vous nous desesperez.

GROGNARD.

Cela me fait damner.

ANGELIQUE.

Quoy, si prés d'un Hymen, vouloir m'abandonner ?

GROGNARD.

Quand je t'en ay parlé tu semblois t'y resoudre.

ANGELIQUE.

Hé, ce moment venu m'est pis qu'un coup de foudre;

Oüy, j'ay crû me resoudre à vous laisser partir.
Mais je vois bien qu'enfin je n'y puis consentir.

GROGNARD.

Pour moy je ne sçais pas où j'ay pris tant de charmes,
Je ne puis m'empêcher de répandre des larmes.

ANGELIQUE.

Quoy ! vous pleurez, mon cher, ah cessez....

GROGNARD.

Je ne puis,
Jamais Amant ne fut plus aimé que je suis,
Vois-tu sa passion ?

JACINTE.

Elle est trop violente ?
S'il revient dans deux jours, serez vous pas contente ?

ANGELIQUE.

Non, puisque son départ causera mon trepas.

GROGNARD.

Hé bien, mon petit cœur, je ne partiray pas,
Tu serois triste, & moy je serois à la gesne...

JACINTE.

Vos affaires iront d'une belle dégaine,
Vous ne feriez pas pis s'il étoit vôtre Epoux !
Vôtre menage ira tout sans dessus dessous,
Un mary ne pourra jamais faire un voyage,
Sans qu'une femme soit à ses trousses, j'enrage.
Quelle honte !

ANGELIQUE.

Partez.

JACINTE.

Je la consoleray.

ANGELIQUE.

Quand viendrez vous ?

GROGNARD.

Demain, ou je ne le pourray.

ANGELIQUE.

Puisque je me resous à souffrir vôtre absence,
Loin de vous supplier à faire diligence,
Pour ne me plus joüer de si sensibles tours,
Au lieu de deux, de trois, prenez huit ou dix jours.

GROGNARD.

Je ne puis me resoudre à souffrir ton absence,
Je ne partiray point.

JACINTE.

Mais vous révez, je pense!

ANGELIQUE.

Non, non, partez, Monsieur.

GROGNARD.

Ie le veux, prens en soin.
Ie m'en vais donc, mamour!

ANGELIQUE.

Fussiez-vous déja loin,
Ie pourrois vous revoir plûtôt que je n'espere.

JACINTE.

Laissez-le donc aller, Madame.

GROGNARD.

Adieu, ma chere.

ANGELIQUE.

Il est déja bien tard.

GROGNARD.

Ie gagneray Poissy.

ANGELIQUE.

Mais la nuit vous prendra dans une heure d'icy.

JACINTE.

Mais la nuit à present n'est pas noire, elle est blonde,
Puisque le clair de Lune est le plus beau du monde.

ANGELIQUE.

Faut-il laisser aller ce que j'aime le mieux ?

JACINTE *les separant.*

Ma foy, vous finirez malgré tous vos adieux,
Partez, s'il falloit donc qu'il fit un grand voyage !

ANGELIQUE.

Ah Ciel !

GROGNARD.

Que nous allons faire un heureux menage.

ANGELIQUE.

Adieu toute ma joye.

GROGNARD.

Adieu tout mon desir.

SCENE XI.

ANGELIQUE, JACINTE.

JACINTE.

IL croit que vous allez mourir de déplaisir.

ANGELIQUE.

Ha, je respire, & bien sçais-je me contrefaire ?

IACINTE.

Mais vous avez pensé gâter toute l'affaire,
Vôtre feint déplaisir l'a mis si fort à bout,
Qu'il a, ma foy, pensé ne point partir du tout.

ANGELIQUE.

La feinte étoit fort bien.

IACINTE.

Mais un peu trop poussée,
Pour l'obliger d'agir selon nôtre pensée.

ANGELIQUE.

Enfin, il est absent, pour le coup, respirons,
Et joüissons un peu du bien que nous avons.

IACINTE.

Vrayment vous voilà seule, & n'avez plus de crainte,
Vous allez voir Leandre, & le voir sans contrainte.

SCENE XII.

ANGELIQUE, IACINTE, LE SOLDAT, BARBE.

IACINTE.

QU'est-ce ?

LE SOLDAT.

Mr Grognard.

IACINTE.

Hé bien !

LE SOLDAT.

Est-il icy ?

IACINTE.

Non, il est en campagne.

LE SOLDAT.

Un ordre que voicy,
L'oblige à me loger cette nuit par Etape.

IACINTE.

A moins qu'on ne coure aprés, & qu'on ne le ratrape,
On ne vous peut loger.

LE SOLDAT.

Il le faut pourtant bien.

IACINTE.

Etans seules icy ....

LE SOLDAT.

L'on ne doit craindre rien.

IACINTE.

Ie le croy, mais, Madame est une jeune femme,

Ou va l'estre du moins.

LE SOLDAT.

Que fait cela, Madame.

ANGELIQUE.

Comment, que fait cela? quoy, vous souffrir chez moy,
Seule.

LE SOLDAT.

Que voulez-vous, c'est un Ordre du Roy,
Puis il est tard, la nuit sera bien-tôt passée.

IACINTE.

L'honnèté, Monsieur, n'en est pas moins blessée.

ANGELIQUE.

Puis-je, mon Accordé, Monsieur, étant aux champs,
Souffrir, avec honneur, le moindre homme ceans?

LE SOLDAT.

Mais, comment voulez-vous, Madame, que je fasse,
Ce que vous me devez, je le demande en grace,
Et tout autre Soldat viendroit brutalement,
Ce Billet à la main, prendre son logement,
Mais, j'en use par tout avec respect, Madame.

IACINTE.

Rien n'est si chatoüilleux que l'honneur d'une femme,
Vous le sçavez, Monsieur, nous avons ce malheur,

Le

Le moindre homme suffit pour ternir nôtre honneur,
Et son ombre à present nous feroit du scandale.

ANGELIQUE.

Je n'ay qu'une Cuisine, une Chambre & ma Sale,
On ne peut vous coucher que dans un galetas.

LE SOLDAT.

Par tout où vous voudrez, il ne m'importe pas,
Mais mon souper, Madame ?

JACINTE.

Il n'y faut point de Nape,
Nous n'avons pain ni vin.

LE SOLDAT.

La peste, quelle Etape !
La Ville est bonne.

JACINTE.

Mais il est tard.

LE SOLDAT.

J'ay grand faim.

JACINTE.

Barbe vous trouvera quelque morceau de pain,
Sans le mary, toûjours la femme se chagrine,
Et pour lors il n'est rien plus froid que la Cuisine.

LE SOLDAT.

N'avez-vous point icy d'eau-de-vie, ou du vin ?

JACINTE.

Oh, non, passez-vous-en jusqu'à demain matin.

LE SOLDAT.

Jamais jeune ne fust plus loin de ma pensée, Que celuy-là l'étoit.

JACINTE.

La nuit est avancée, Barbe, de la lumiere, & conduisez Monsieur Au galetas.

BARBE.

Montez.

LE SOLDAT.

Testigué, serviteur.

ANGELIQUE.

Je crains....

JACINTE.

Ne craignez rien, la justice est si bonne, Que l'on n'ose aujourd'huy faire insulte à personne.

SCENE XIII.

ANGELIQUE, IACINTE, LE ROTISSEUR.

ANGELIQUE.

VOis qui heurte?

LE ROTISSEUR.

Bon soir.

JACINTE.

Qu'est-ce encore que cecy?

LE ROTISSEUR.

C'est du Vin & du Rost que j'apportons icy.

JACINTE.

Vous apportez du vin & du rost, pourquoy faire?

LE ROTISSEUR.

Pargué, Madame, c'est pour faire bonne chere.

IACINTE.

Et qui vous a chargé de l'apporter chez nous?

LE ROTISSEUR.

Le valet d'un Monsieur, qui doit souper chez vous.

IACINTE.

Ne vous l'ay-je pas dis, portez dans la cuisine,

Découvre un peu, voyons.

LE ROTISSEUR.

Vla qu'a-t-il bonne mine!

IACINTE.

Bonne ou mauvaise, va l'on te payera bien.

LE ROTISSEUR.

Hé, j'en sommes payez, je n'en demandons rien.

SCENE XIV.

ANGELIQUE, JACINTE, LE ROTISSEUR, BARBE.

JACINTE.

DOnne donc ton Baffin à nôtre Cuifiniere.

LE ROTISSEUR.

Le voilà, vous avez deux oiseaux de Riviere,
Un Levraut, deux Faisans, trois Perdrix.

JACINTE.

C'est assez.

LE ROTISSEUR.

Tout cela coûte bien plus que vous ne pensez.

JACINTE.

Tant mieux.

LE ROTISSEUR.

Le plat de Rost est aussi raisonnable...

ANGELIQUE.

Hé va, nous le verrons quand nous serons à table.

JACINTE.

Barbe, tenez tout prest pour le servir icy,
Quand ce Monsieur viendra.

ANGELIQUE.

Jacinte, le voicy.

SCENE XV.

ANGELIQUE, LEANDRE, JACINTE, BARBE.

LEANDRE.

MAdame, vous voyez ce que j'ose entreprendre,
Mais si vous ne m'aimez, que deviendra Leandre !

ANGELIQUE.

Je vous aime, mon cœur ne dément point ma voix,
Je crois depuis deux ans vous l'avoir dit cent fois,
Je vous aime.

LEANDRE.

Hé, Madame, est-ce assez de le dire
Et d'en demeurer là, pour croître mon martyre;
Vos souhaits & les miens seront-ils superflus,
Montrez que vous m'aimez, & ne le dites plus.

ANGELIQUE.

C'est dessus nôtre hymen que mon amour se fonde.

JACINTE.

Voici l'occasion la plus belle du monde;
Vôtre jalou[x] Amant est parti pour deux jours,

L'agréable saison pour les tendres amours:
Madame, mettra-t-on le Couvert dans la
sale,

ANGELIQUE.

Où donc; vous pretendez me faire un grand
regale.

LEANDRE.

Non, Madame, ce n'est qu'un fort petit cadeau,
Et l'on ne peut icy vous le donner plus beau.

ANGELIQUE.

Jacinte, que je sens de trouble dans mon ame.

LEANDRE.

Ah, Madame, seroit-ce en faveur de ma
flame?

ANGELIQUE.

Et ma bouche & mes yeux, ne vous l'ont que
trop dit.

IACINTE.

Mais vôtre amour s'échauffe, & le souper
froidit,
Si long-temps sans manger, est-ce estre raisonnable,
Ne voulez-vous donc pas, Monsieur, vous
mettre à table;
Dites luy qu'il s'y mette, il veut estre prié,
Plus de soupirs, demain vous serez marié.

ANGELIQUE.

La Porte du devant est-elle bien fermée?

JACINTE.

Oüy, Madame, elle l'est.

ANGELIQUE.

Je viens d'estre allarmée.

LEANDRE.

De qui donc ?

ANGELIQUE.

D'un Soldat que nous avons là-haut.

LEANDRE.

Par Etape ?

ANGELIQUE.

Oüy.

LEANDRE.

Dort-il ?

JACINTE.

Il ronfle comme il faut.

LEANDRE.

Quand ces gens soupent bien, ils dorment à merveille,
Et l'on leur tireroit le Canon dans l'oreille,
Qu'ils dormiroient encore. Qu'a-t-il soupé ?

ANGELIQUE.

Luy a rien.

LEANDRE.

Tant pis, l'estomach vuide, on ne dort pas bien.

IACINTE.

Qui diantre heurte ainsi ?

ANGELIQUE.

Monsieur, quelle est ma crainte !

IACINTE.

Il faut bien que ce soit Monsieur.

LEANDRE.

Va voir, Jacinte.

ANGELIQUE.

Ah, si c'est luy, Leandre, où vous sauverez-vous ?

LEANDRE.

Je ne sçay, car par-là, tout est fermé sur nous.

IACINTE.

C'est luy-même.

ANGELIQUE.

C'est luy ? que luy feray-je croire ?

IACINTE.

Mais il monte.

ANGELIQUE.

Portez dans cette grande Armoire
La Table comme elle est.

BARBE.

Est-elle grande assez ?

ANGELIQUE.

Oüy, vous dis-je, elle l'est plus que vous ne pensez,
Cachez-vous dans ce coin, Monsieur.

LEANDRE.

Quoy qu'il arrive....

ANGELIQUE.

Dépêchez-vous, je suis bien plus morte que vive.

LEANDRE.

Madame, vous n'avez à craindre nullement.

SCENE XVI.

GROGNARD, ANGELIQUE, JACINTE.

GROGNARD.

JE te ſurprens, mamour, fort agréablement,
Tu ne m'attendois pas !

ANGELIQUE.

Non, j'en ſuis ſi ſurpriſe,
Que de ce ſoir, Monſieur, je n'en ſeray remiſe.

GROGNARD.

D'où vient donc ?

JACINTE.

Entendant que l'on heurtoit ſi fort,
Nous croyons toutes deux qu'on vous rapportoit mort.

GROGNARD.

Mort !

ANGELIQUE.

A l'heure qu'il eſt, que voulez-vous qu'on croye ?

GROGNARD.

Qu'elle m'aime !

JACINTE.

Oh !

GROGNARD.

Mon cœur !

ANGELIQUE.

Ah !

GROGNARD.

Reprens donc ta joye
Mon cœur !

ANGELIQUE.

Vôtre retour m'êst un coup de poignard,
Pourquoy s'en revenir puisqu'il étoit si tard
Et pourquoi me donner une frayeur mortelle

GROGNARD.

Mais je ne suis pas mort, tu le vois bien, ma belle.

ANGELIQUE.

Oüy, mais mon trop d'amour entretient ma frayeur,
J'aime, & je crains toûjours.

GROGNARD.

Mon pauvre petit cœur,
On ne peut pas, je croy, voir dans aucun ménage,
La femme & le mary s'entraimer davantage

JACINTE.

On feroit tout Paris.

ANGELIQUE.

J'avois déja l'effroy
D'un Soldat qui ceans s'eft logé malgré moy
Souffrir un homme icy, seules, en vôtre absence,
Que dira-t-on de moy ?

GROGNARD.

Qu'en dira t-on ? je pense

Que nul n'y peut trouver à redire que moy,
C'est par Etapes, & puis c'est par ordre du Roy.
J'ay sortant de Paris trouvé l'Apoticaire,
Qui m'a dit qu'une crise avoit sauvé mon frere,
Et je suis revenu pour souper, qu'avons-nous?

ANGELIQUE.

Ne vous attendant pas, qu'aurions-nous eu sans vous.

JACINTE.

Nous n'avons employé ni broche ni marmite,
Et chacune a, je croy, mangé sa pomme cuite.

GROGNARD.

Mais....

JACINTE.

A l'heure qu'il est on ne peut rien avoir.

GROGNARD.

Tant pis.

SCENE XVII.

GROGNARD, ANGELIQUE, JACINTE, BARBE, LE SOLDAT.

LE SOLDAT.

JE viens, Monsieur, vous donner le bon soir,
C'est un petit devoir qu'on doit rendre à son Hoste,
Que j'importune icy.

GROGNARD.

Ce n'est pas vôtre faute.

LE SOLDAT.

L'ombre d'un homme met Madame au desespoir.

GROGNARD.

La pauvre Enfant n'a pas accoûtumé d'en voir,
Il faut luy pardonner.

LE SOLDAT.

Oüy, Madame est fort sage;
Le seul nom de Soldat, mon habit, mon visage,

GROGNARD.

Tout cela luy fait peur.

LE SOLDAT.

Je m'en suis apperçû,
Un Cadet fort bien fait...eût esté mieux reçû.

ANGELIQUE.

Ah, ne le croyez pas, Monsieur qu'allez-vous dire?

GROGNARD.

Hé, que crains-tu?

LE SOLDAT.

Je n'ay nul dessein de vous nuire.

GROGNARD.

Je le crois fort, Monsieur.

LE SOLDAT.

Pour souper, qu'avons-nous?

GROGNARD.

Rien du tout, dont j'enrage.

LE SOLDAT.

LE SOLDAT.

Ecoutez entre nous,
Je vais vous découvrir une importante affaire,
Et dans ce même instant vous faire fort grand chere,
Mais ne me perdez pas, à vingt ans j'eus le bien,
De servir quatre mois un grand Magicien,
Je sçay tout ce qu'on peut sçavoir dans les Magies,
Informez-vous de moy dedans nos Compagnies,
Vous sçaurez de quel bois se chauffe Jolicœur,
C'est mon nom & celuy de vôtre serviteur,
J'ay pouvoir sur le Diable, & si je luy commande
D'apporter promptement dans ce lieu, pain, vin, viande,
D'un seul mot tout cela se va trouver icy.
Dites quel Rost vous plaist.

ANGELIQUE.

Jacinte, qu'est cecy?

LE SOLDAT.

Ne vous allarmez point, je vous feray grand chere.

GROGNARD.

De tous ces contes là, je ne me repais guere,
Si ce n'est que cela, je croy, sans vous fâcher,
Que nous n'avons tous trois qu'à nous aller coucher;

Car nous ne verrons point ce souper là paroî-
tre.

LE SOLDAT.

La frayeur fait passer vôtre appetit peut-être,
Et de tout ce Rost là vous ne mangerez rien.

GROGNARD.

Pourquoy, s'il étoit bon, j'en mangerois fort
bien.

LE SOLDAT.

Il sera merveilleux.

GROGNARD.

Goutons-le pour le croire.

LE SOLDAT.

Demon, qu'en cet instant se trouve en cette
armoire,
Deux oiseaux de Riviere, un Levraut, trois
Perdrix,
Et que ce Rost là soit le meilleur de Paris,
Qu'on ajoute à cela deux Faisans, je te prie.

GROGNARD.

Hé, Monsieur Joli-cœur, treve de raillerie.

LE SOLDAT.

Filles, apportez tout.

ANGELIQUE.

Il me prend un frisson.

LE SOLDAT.

Madame, ne craignez en aucune façon.

ANGELIQUE.

Ah, Monsieur, c'est un Diable.

GROGNARD.

Il n'en a nulle tache,

Et je ſuis ſeur qu'il eſt ſorcier comme une vache.

LE SOLDAT.

Les verres & le vin, il faut tout apporter.

ANGELIQUE.

C'eſt un Magicien, il n'en faut plus douter.

GROGNARD.

Oüy, c'en eſt un, j'en vois une marque ſenſible.

LE SOLDAT.

Voilà dequoy, ſoupons.

ANGELIQUE.

Cela m'eſt impoſſible.

GROGNARD.

Et moy je ne ſuis pas d'un repas infernal.

LE SOLDAT.

Qui n'en mangera pas s'en trouvera fort mal.

GROGNARD.

J'en vais manger.

ANGELIQUE.

Et moy.

JACINTE.

J'en mangeray de-même.

LE SOLDAT.

Ca, je vais vous ſervir.

BARBE.

Ah! que Monſieur eſt blême.

ANGELIQUE.

Ah, Monſieur eſt un Diable, il va nous perdre, helas!

IACINTE.

Monsieur est un bon Diable, il ne nous perdra pas.

LE SOLDAT.

Non, non, il est souvent des Diables favorables,
Qui dans certains perils se trouvent secourables;
Vous auriez bien sujet d'avoir le cœur contrit,
Mesdames, bien vous prend que j'aye un peu d'esprit,
Du vin, à la santé de celui qui nous traite,
Et pour rendre la feste à mon gré plus complete,
Je vais l'accompagner d'un couplet de Chanson,
Qui vous plaira, je croy, puisqu'il me semble bon.

IL CHANTE.

Baccus & l'Amour font débauche,
Beuvons à droit, beuvons à gauche.
Ils sont d'accord icy tous deux,
Et la feste n'est que pour eux,
Quel plaisir de les voir à table,
Qu'avec un peu d'amour Baccus est agréable;
Et que l'Amour est divin
Quand il a pris un petit doigt de vin.

GROGNARD.

Je ne vois pas icy que nous fassions débauche,
Vôtre Demon voit trouble, ou du moins voit à gauche;

Ainſi je croy pouvoir dire avec raiſon,
Que cette chanſon là, n'eſt guere de ſaiſon.

LE SOLDAT.

J'en vay chanter une autre.

IL CHANTE.

L'amour vous recompenſe
De vôtre long chagrin,
Profitez de l'abſence
Du vieux faquin,
Du vieux faquin,
Du vieux bouquin,
Du vieux bouquin,
Qu'il perde toute eſperance;
Le gros pendart,
Le ſot bavart,
Le grand braillart,
Le vieux penart,
Trompez tous deux d'intelligence;
Le laid hibou,
Le loup garou,
Le vieux bouhou;
Le franc coucou.

GROGNARD.

Hé bien, c'eſt encor pis,
Que voulez-vous donc dire avecque tous vos ris?

IACINTE.

Mes ris! je ne ris pas, Monſieur, c'eſt que je pleure.

GROGNARD.

Elle pleure à preſent, & rioit tout à l'heure.

Quelle ſera la fin de ce deſordre icy !
Mais il eſt trop certain qu'un Demon eſt icy.

LE SOLDAT.

Pour troubler les amours....

ANGELIQUE *s'écriant.*

C'eſt pour troubler les nôtres.

GROGNARD.

Hé vrayment oüy, le Diable en fit-il jamais d'autres ?

LE SOLDAT.

Ce n'eſt pas encor tout, il faut que vous voyez
Le Diable cuiſinier qui nous a regalez.

ANGELIQUE.

Luy ! ſi nous le voyons, Monſieur, je ſuis perduë.

(On ſort de table, & on l'emporte.)

GROGNARD.

Ah ! de grace, Monſieur, privez-nous de ſa veuë.

IACINTE.

Nous verrons, s'il le faut, l'Enfer de bout en bout,
Mais ne nous montrez point ce Diable là ſur tout.

LE SOLDAT.

Mais comme il eſt ceans, il faut bien qu'il en ſorte,
Ou par la cheminée enfin, ou par la porte ;
Pour la forme, il l'aura telle que je voudray,
Choiſiſſez-là vous-même, ou je la choiſiray,
La voulez-vous d'un bœuf, ou d'un homme, ou d'un diable ?

ANGELIQUE.

La figure de l'homme est la plus agréable :
Que comme un tourbillon il sorte de ces lieux,
Je tourneray le dos, ou fermeray les yeux.

GROGNARD.

Moy, pour ne le point voir je feray l'un & l'autre.

LE SOLDAT.

Tournez le dos, Iacinte, & vous Barbe, le vôtre.

GROGNARD.

Moy, je ferme les yeux, & je tourne le dos,
Pour ne point voir l'objet qui trouble mon repos.

LE SOLDAT.

Demon tu vas sortir, qu'on ouvre chaque porte;
Comment souhaitez-vous qu'il soit vêtu ?

GROGNARD.

Qu'importe ?

LE SOLDAT.

Prens un habit galant, des plumes, des rubans,
Quand je battray des mains, sors vîte deceans,
Quitte ta laide face, prens-en une plus belle,
Pour ne point faire peur à cette Demoiselle,
Car tu peux estre veu d'elle & de son Amant,
Et prens garde sur tout d'en user autrement,
Vous le verrez un peu, tournez-vous d'autre sorte.

GROGNARD.

Qui, moy ? si je le vois que le Diable m'emporte.

LE SOLDAT.

Prepare ta sortie, & ne t'arrête pas.

(Il bat des mains.)

LEANDRE *paroît.*

Angelique venez-vous jetter dans mes bras,
Suivez-moy tous.

GROGNARD, *seul.*

Ah, ah, quelle voix infernale,
Nul mortel icy bas n'a de voix qui l'égale,
Suivez-moy tous. Comment je reste seul icy ?
Angelique, Jacinte, & le Soldat aussi,
Tout est au Diable, & moy bien plus qu'eux miserable,
J'ay tort, je suis mieux qu'eux puisqu'ils sont tous au Diable;
Angelique, un Demon vous enléve aujourd'huy,
Ah ! n'avez-vous point fait quelque pacte avec luy ?
Un Diable me l'emporte.

SCENE DERNIERE.

GROGNARD, JACINTE.

JACINTE.

ILs sont bien dix ou douze,
Mais le Diable, Monsieur, qui l'emporee, l'épouse,
C'est Leandre.

GROGNARD.

Il l'épouse, elle qui m'aimoit tant.

JACINTE.

Preniez-vous tout cela pour de l'argent comptant.

GROGNARD.

Ah! quelle trahison, cela n'est pas croyable.

IACINTE.

Elle vous haïssoitt, Monsieur, comme le Diable,
Je ne suis pas d'humeur à vous déguiser rien.
Et je vous parle franc.

GROGNARD.

Vrayment je le vois bien,
Et pour me consoler encor de cette affaire,
Si la mort me faisoit l'heritier de mon frere;
Mais tout coup vaille, il faut pour m'éloigner d'icy,
Reprendre doucement le chemin de Poissy.

Fin de la Comedie du bon Soldat.

APPROBATION.

J'Ay lû par ordre de Monseigneur le Chancelier *les Pieces choisies de Montfleury*, & j'ay crû que le Public qui en voit encore les Representations avec plaisir, en recevroit favorablement une nouvelle Edition. Fait à Paris ce 5. Aoust 1716.

DANCHET.

PRIVILEGE DU ROY.

LOUIS par la grace de Dieu, Roy de France & de Navarre: A nos amez & feaux Conseillers, les Gens tenans nos Cours de Parlement, Maistres des Requestes ordinaires de nôtre Hostel, Grand Conseil, Prevost de Paris, Baillifs, Senêchaux, leurs Lieutenants Civils & autres nos Justiciers qu'il appartiendra, Salut. Nôtre bien amé CHRISTOPHE DAVID, Libraire à Paris, Nous ayant fait exposer qu'il souhaiteroit faire imprimer *Les Oeuvres de Montfleury, contenant ses Pieces choisies de Theatre*, & donner au Public, s'il Nous plaisoit luy accorder nos Lettres de Privilege pour la Ville de Paris seulement; Nous avons permis & permettons par ces Presentes audit David de faire imprimer lesd. Ouvres de Montfleury, en tels Volumes, forme, marge, caractere, conjointement ou separément, & autant de fois que bon luy semblera, & de les vendre, faire vendre & debiter par tout nôtre Royaume pendant le temps de dix années consecutives., à compter du jour de la datte desdites Presentes. Faisons deffenses à toutes sortes de Personnes de quelque qualité & condition qu'elles soient, d'en introduire d'impression étrangere dans aucun Lieu de nôtre obéïssance, & à tous Libraires-Imprimeurs & autres dans ladite Ville de Paris seulement, d'imprimer ou faire imprimer lesd. Oeuvres de Montfleury, en tout ni en partie, ni d'en faire aucuns Extraits, & d'y en faire venir, vendre & debiter d'autre impression que de celle qui aura esté faite pour ledit Exposant, sous peine de confiscation des Exemplaires contrefaits, de mil livres d'amende contre chacun des Contrevenans, dont un tiers à Nous, un tiers à l'Hôtel-Dieu de Paris, l'autre tiers audit Exposant, & de tous dépens, dommages & interêts, à la charge que ces Presentes seront enregistrées tout au long sur le Registre de la Communauté des Imprimeurs & Libraires de Paris, & ce dans trois mois de la datte d'icelles, que l'Impression desdites Oeuvres de Montfleury sera faite dans nôtre Royaume & non ailleurs, en bon papier & en beaux caracteres, conformément aux Reglemens de la Librairie: & qu'avant que de les exposer en vente, il en sera mis deux Exemplaires dans nôtre Bibliotheque publique, un dans celle de nôtre Château du Louvre, & un dans celle de nôtre trés-cher & féal Chevalier Chancelier de France le Sieur Voisin, Commandeur de nos Ordres; le tout à peine de nullité des Presentes, du contenu desquelles vous mandons & enjoignons de faire joüir l'Exposant ou ses ayans cause pleinement & paisiblement sans souffrir qu'il leur soit fait aucun trouble ou empêchement. Voulons que la Copie desdites Presentes qui sera imprimée au commencement ou à la fin desdites Oeuvres, soit tenuë pour deuëment signifiée, & qu'aux Copies collationnées par l'un de nos amez & féaux Conseillers & Secretaires, foy soit ajoutée comme à l'Orginal: Commandons au premier nôtre Huissier ou Sergent de faire pour l'execution d'icelles tous Actes requis & necessaires, sans demander autre permission, & nonobstant clameur de Haro, Charte Normande, & Lettres à ce contraires: Car tel est nôtre plaisir. Donné à Paris le onziéme jour du mois d'Aoust, l'an de grace mil sept cens seize; & de nôtre Regne le premier. Signé, Par le Roy en son Conseil, FOUQUET. Avec grille & paraphe.

Registré sur le Registre N°. 4. de la Communauté des Libraires & Imprimeurs de Paris, page 44. N°. 56. conformément aux Reglemens, & notamment à l'Arrêt du Conseil du 13. Aoust 1703. A Paris le 28. Aoust 1716. DELAULNE, Sindic.

www.ingramcontent.com/pod-product-compliance
Ingram Content Group UK Ltd.
Pitfield, Milton Keynes, MK11 3LW, UK
UKHW032007260826
14628UKWH00005B/2326

9 782019 673741